RÉCLAMATIONS

DES ÉLÈVES

DE

L'ÉCOLE DES BEAUX-ARTS

AU SUJET DE LA

RÉORGANISATION DE LEUR ÉCOLE.

PARIS

IMPRIMERIE DE AD. LAINÉ ET J. HAVARD

RUE DES SAINTS-PÈRES, 19

1864

RÉCLAMATIONS

DES ÉLÈVES

DE L'ÉCOLE DES BÉAUX-ARTS

AU SUJET DE LA

RÉORGANISATION DE LEUR ÉCOLE.

RÉCLAMATIONS

DES ÉLÈVES

DE

L'ÉCOLE DES BEAUX-ARTS

AU SUJET DE LA

RÉORGANISATION DE LEUR ÉCOLE.

PARIS

IMPRIMERIE DE AD. LAINÉ ET J. HAVARD

RUE DES SAINTS-PÈRES, 19

—

1864

15 février 1864.

Les documents qui sont mis en ce moment sous les yeux du public sont diverses pièces rédigées par les élèves de l'École des Beaux-Arts; la plupart ont été adressées à l'Empereur, et depuis, bien que trop souvent on ait présenté ces élèves comme ayant agi dans un sens qui ne fut pas celui de leurs démarches, bien qu'on soit allé jusqu'à dénaturer le texte même de certaines parties de leurs pétitions qu'on n'aurait pu connaître que par des indiscrétions peu supposables, ils n'ont pas voulu publier des pièces adressées à une personne auguste; mais, le *Moniteur* du 6 janvier ayant donné l'exemple de porter à la connaissance de tous une lettre et un mémoire adressés à l'Empereur par l'Académie des Beaux-Arts, les élèves ont vu dans cette publication un véritable appel à l'opinion publique ; aussi, s'autorisant de cet exemple et des polémiques qui ont donné le plus grand éclat à cette question, ils publient l'exposé des démarches qu'ils ont cru devoir faire jusqu'ici.

RÉCLAMATIONS

DES ÉLÈVES

DE L'ÉCOLE DES BEAUX-ARTS

AU SUJET DE LA

RÉORGANISATION DE LEUR ÉCOLE.

———◁◇◇▷———

Le décret du 13 novembre 1863, sur la réorganisation de l'École des Beaux-Arts, a causé de vives émotions parmi tous les artistes; on sait que, depuis trois mois, des publications, des protestations, des notes au *Moniteur*, en ont fait une des plus graves questions du moment. L'Académie des Beaux-Arts, les anciens professeurs de l'École, la Société centrale des architectes, ont, à divers points de vue, réclamé des droits, protesté contre des destitutions, signalé des dangers imminents pour les arts.

Avant toute autre manifestation, la presque unanimité des élèves de l'École des Beaux-Arts avaient spontanément

cherché comment ils pourraient conjurer ce qu'ils consi-
déraient comme une catastrophe brisant leur avenir, per-
dant leurs études et celles des générations qui viendront
après eux. Comme on les a souvent représentés depuis
comme ayant obéi à un mot d'ordre venant de professeurs
dépossédés, tandis que leur action a précédé toute autre,
il n'est pas inutile de dire en peu de mots ce qu'ils ont cru
devoir faire alors.

Le décret du 13 novembre était complétement inattendu
pour eux comme pour tout le monde. Aucune enquête ne
l'avait précédé, aucune transition n'avait été ménagée,
et ce n'est que par le *Moniteur* qu'ils apprirent que leur
ancienne école n'existait plus, et qu'une organisation qu'ils
ne pouvaient saluer avec joie la remplaçait. La première
impression fut de la stupeur : ils se demandaient comment
ils avaient pu mériter le coup qui les frappait ; mais aus-
sitôt ils pensèrent au moyen de le parer. Spontanément ils
choisirent quelques-uns de leurs condisciples pour con-
certer les efforts de tous, et il fut décidé qu'une pétition
serait adressée à Son Excellence le Ministre de la maison
de l'Empereur et des Beaux-arts, et qu'une copie de cette
pétition serait portée à Sa Majesté avec une supplique.
En deux jours ces pétitions furent signées de 336 élèves
peintres, sculpteurs ou architectes, élèves de l'École des
Beaux-Arts ou aspirant à cette école. Quatre d'entre eux
furent chargés de porter la supplique à l'Empereur, et de
tâcher de parvenir jusqu'à lui. Ils partirent pour Compiègne, seuls, sans aucune protection ; le décret était au

Moniteur du 15 novembre ; ils arrivaient à Compiègne le 19, sans trop savoir comment on va plus loin que la grille d'un palais impérial ; enfin ils eurent la satisfaction, sinon de pouvoir exposer verbalement à Sa Majesté les angoisses de leurs condisciples, du moins de lui faire remettre la supplique dont ils étaient porteurs, et dans laquelle, ainsi qu'on va le voir, les élèves ne parlaient ni pour des intérêts personnels, ni pour des priviléges, mais au nom de leurs vœux les plus chers, de l'avenir des études et de l'art même.

SIRE,

Les élèves de l'École des Beaux-Arts soussignés supplient Votre Majesté de daigner prendre connaissance d'une pétition qu'ils viennent d'adresser à Son Excellence le Ministre de Votre Maison et des Beaux-Arts, au sujet du décret du 13 novembre dernier, et dont voici la transcription :

MONSIEUR LE MINISTRE,

« Les soussignés, élèves de l'École des Beaux-arts ou élèves des
« Écoles libres aspirant à l'École des Beaux-Arts, ont l'honneur
« de présenter à Votre Excellence les considérations suivantes
« relatives au décret du 13 novembre, sur la réorganisation de
« cette École. Ils savent qu'ils peuvent hardiment soumettre à
« l'impartialité de votre appréciation des questions qui touchent
« à un si haut degré leur avenir, ainsi que leurs espérances de
« talent.

2

« Le décret du 13 novembre, complétement inattendu pour
« eux, leur a causé, comme Votre Excellence peut le penser, une
« vive émotion; et, s'ils y ont vu la preuve que l'administration
« et l'enseignement dans leur école n'ont jamais été des objets
« indifférents pour votre attention, ils se sont en même temps
« trouvés pris à l'improviste entre des perspectives nouvelles
« pour eux, et des idées qu'une longue habitude leur faisait
« regarder comme la base même de leurs études.

« Ces études, monsieur le Ministre, ont pour but de former des
« artistes, non pas des hommes de génie, — ceux-là se forment
« tout seuls et partout, — mais des hommes de talent. Elles sont
« nécessairement libérales, car en fait d'art rien ne s'impose,
« tout est appréciation, sentiment, et le maître ne démontre rien,
« il persuade, tant par l'autorité des maîtres ses devanciers que
« par l'autorité sympathique d'un talent en qui l'élève doit néces-
« sairement avoir confiance. Le plus grand artiste est un mau-
« vais maître pour le disciple qui doute de lui. Aussi, aux
« époques mêmes où l'on ne connaissait pas la liberté, la liberté
« a présidé aux études d'art, et, dès l'origine de notre civilisation,
« on se servait, pour les désigner, d'un mot renouvelé de la civili-
« sation antique : *les arts libéraux*. — Aujourd'hui, monsieur le Mi-
« nistre, par suite de cette liberté quelquefois sans doute voisine
« de la confusion, les hommes qui se préparent au culte des arts,
« c'est-à-dire, à de très-rares exceptions près, les élèves de
« l'École des Beaux-Arts. ont, chacun suivant sa nature, dirigé
« leurs études dans le sens de tel ou tel enseignement, et les uns
« sont arrivés presque au bout de la carrière, d'autres au milieu,
« d'autres commencent. Pour tous des idées sont acquises, des
« tendances se sont accentuées, des personnalités se sont faites;
« et dans une matière aussi délicatement liée aux sensations les
« plus intimes de l'âme humaine, changer de voie, porter un
« instant les yeux sur un autre horizon, c'est perdre sa foi, com-
« promettre son avenir.

« Jusqu'à présent, monsieur le Ministre, chaque élève, peintre,
« sculpteur ou architecte, choisissait parmi les artistes les plus
« accrédités le maître que ses inspirations, sa confiance ou les
« conseils de ses devanciers lui désignaient; puis l'élève, travail-
« lant sous la direction de ce maître, venait lutter à l'École des

« Beaux-Arts avec les élèves d'autres maîtres; et l'École appré-
« ciait les efforts et les succès de chacun. Aux maîtres d'atelier
« appartenait l'enseignement, à l'École l'appréciation. L'École
« enseignait seulement ce que n'enseignaient pas les écoles
« particulières : pour les peintres et les sculpteurs, l'anatomie
« et la perspective; pour les architectes, construction, perspec-
« tive, mathématiques. L'émulation, surtout pour la section
« d'architecture, était entretenue par des concours incessants,
« offrant à chacun, selon ses moyens, la perspective de récom-
« penses graduées, depuis la simple mention des concours spé-
« ciaux, les médailles de première ou de seconde classe, la
« grande médaille, le second prix, jusqu'au grand prix de Rome
« décerné par l'Institut. Le décret du 13 novembre remplace
« ces dispositions par des dispositions nouvelles, dont le détail
« doit être réglé par des arrêtés organiques; il établit des
« ateliers dans l'École même, un nouvel enseignement, et fixe
« à vingt-cinq ans la limite d'âge pour le concours du grand prix.
« Les élèves ne se permettent pas d'examiner quelle doit être
« dans l'avenir l'influence de cette mesure, ni quels effets résul-
« teront du contact de générations d'artistes dont les uns auront
« poussé leurs études jusqu'à trente ans, les autres jusqu'à
« vingt-cinq : mais, dans le présent, cette dernière disposition
« atteint environ les neuf dixièmes des élèves les plus avancés
« de l'École, qui, ayant eu à lutter lorsqu'ils avaient vingt ans
« contre des élèves de vingt-cinq à trente ans, arrivaient à leur
« tour sur la brèche, et se trouvent subitement dépossédés d'une
« espérance dont ils ne pouvaient guère être en possession plus tôt.

« Aussi, monsieur le Ministre, les élèves actuels de l'École, en
« respectant les bases du décret, qu'ils savent n'avoir pas à discu-
« ter, font appel à votre bienveillance pour vous supplier de ne pas
« faire d'eux, par une application immédiate des nouvelles
« dispositions, des sortes de victimes propitiatoires, qui, sans
« avoir achevé de récolter les fruits que pouvait leur donner
« l'ancienne organisation, ne pourraient saluer l'inauguration
« de la nouvelle que par le regret de se voir exclus du droit d'en
« jouir.

« Par ces considérations, toutes générales et impersonnelles,
« d'éducations artistiques commencées, de changements auxquels

« il est trop tard pour se façonner, d'intérêts graves, pour eux
« les plus graves qu'il puisse y avoir, et en raison de la longueur
« nécessaire et désirable des études d'art, ils vous prient, mon-
« sieur le Ministre, de vouloir bien accorder un délai pour la
« mise en vigueur d'une aussi complète transformation.

« Cet ajournement, monsieur le Ministre, leur paraît presque le
« droit de tout homme qui, voyant venir un événement inattendu,
« demande à n'être pas écrasé dans un choc, et demande au
« progrès de suivre, calme et confiant, une route où il n'ait pas
« de victimes à faire, pas de regrets à susciter à côté des manifes-
« tations de reconnaissance. D'ailleurs, monsieur le Ministre, ils
« en trouvent la promesse dans cette phrase du rapport de M. le
« Surintendant : En vous signalant l'opportunité de ces réformes,
« j'ajouterai qu'elles respecteraient autant que possible les posi-
« tions acquises, et qu'elles ne seraient opérées qu'avec les plus
« grands ménagements pour les personnes.

« Les élèves de l'École prient Votre Excellence de leur pardon-
« ner la hardiesse de leur démarche auprès de vous : ils ont salué
« en vous le caractère impartial et désireux du bien, le dernier
« décret en est une nouvelle preuve; et ils le savent assez pour
« croire qu'ils peuvent loyalement vous conjurer de prendre ce
« magnifique rôle : faire le bien sans causer le malheur de per-
« sonne.

« Ils ont l'honneur d'être, etc. »

Voilà, Sire, tout ce que nous pouvions demander à Son Excellence le Ministre, auteur du projet de décret sur la réorganisation
de l'École des Beaux-Arts : mais à Vous, Sire, puisque nous pre-
nons la liberté de porter jusqu'aux marches de Votre trône nos
craintes et notre émotion, à Vous dont la position auguste même
encourage notre hardiesse, nous osons dire plus : inquiets de notre
avenir, inquiets pour notre talent futur, pour les arts eux-mêmes,
nous savons combien est insolite, indiscrète, peut-être inconve-
nante notre démarche; mais, Sire, croyez-en cinq cents artistes,
dont les rivalités d'école et de goût se taisent aujourd'hui devant
une rare unanimité; croyez-en ceux à qui l'avenir revient de droit,

il y va des destinées de l'art même, de la plus pure gloire de la France : l'enseignement des arts se vivifie par la liberté, par l'émulation, la lutte incessante des concours, et l'enseignement seul prépare les fortes générations d'artistes : nous qui désirons apprendre, apprendre longtemps, apprendre à fond, nous supplions Votre Majesté de ne pas couper les ailes à une ambition, téméraire sans doute pour beaucoup d'entre nous, mais à coup sûr avouable, celle de pouvoir assurer notre talent ; de ne pas restreindre le champ de nos études : nous la supplions de ne pas nous fermer une route dont nous n'avons suivi que les premières étapes, de nous rendre par une modification quelconque, que Votre Majesté n'a qu'à vouloir, et ce choix des maîtres par les élèves, entre tous les hommes à qui la conscience de leur mérite conseillait de se former à eux-mêmes des rivaux, et cette lutte salutaire des concours où se retrempait constamment notre École.

La limite d'âge pour les études a été fixée à vingt-cinq ans; et pourtant une majorité considérable de l'École actuelle étudie encore au-delà de ce terme; et le sentiment général des jeunes gens est que c'est surtout à cet âge qu'ils sont en mesure de profiter de l'expérience acquise, ou de la formation plus exacte de leurs goûts, et du dessin plus net de leurs aptitudes.

Beaucoup d'entre eux, par des raisons de fortune, d'éducation, de position, ne peuvent commencer leurs études que tard, et même sont obligés de compter avec le besoin pour consacrer au travail le temps nécessaire. Beaucoup d'autres, peut-être même la majorité, appartiennent aux départements, souvent en sont pensionnés, et généralement ne viennent à Paris qu'après avoir satisfait à la conscription; d'autres, ayant passé par l'éducation libérale des lycées, pour laquelle la sollicitude de Votre Majesté vient de se manifester si clairement, ne sont à même de se présenter qu'après s'être rendus par de longues études humanitaires capables de jeter un nouvel éclat sur l'École des Beaux-Arts, et de continuer cette alliance indispensable des études solides et du talent artistique, sans laquelle l'artiste n'est rien au milieu de la société où il est appelé à vivre.

L'administration les priverait des moyens d'utiliser cet ardent désir de progresser qui se manifeste autrement dans les arts que dans les autres travaux de l'esprit. Les artistes étudient toute leur vie : leur ôtera-t-on d'aussi bonne heure l'éducation première qui les met en mesure d'étudier plus tard seuls et avec l'indépendance indispensable aux arts ?

Sire, que Votre Majesté daigne excuser chez des élèves, des jeunes gens inhabiles à rendre par la parole ce qu'ils ont dans le cœur, la hardiesse, sans doute trop grande, que leur inspire une confiance qui ne peut l'être trop : ils s'adressent à vous en aveugles, ne se demandant pas même quelle est la portée ou l'audace de leurs espérances ; ils s'adressent à vous, parce qu'ils croient que quelques-uns d'entre eux, encore inconnus, compteront dans l'avenir, et ils supplient Votre Majesté de ne pas permettre que l'un des plus beaux fleurons de la couronne de la France se trouve à jamais compromis.

Ils ont l'honneur d'être, etc.

(Suivent 336 signatures d'élèves peintres, sculpteurs, architectes.)

Cette supplique avait été rédigée, signée et portée dans un court espace de temps ; beaucoup d'élèves absents, empêchés ou n'ayant pu être prévenus à temps, regrettaient de n'avoir pu joindre leurs noms à ceux de leurs camarades ; aussi, quelques jours après, ils adressèrent à leur tour à Sa Majesté une lettre, par laquelle ils déclaraient adhérer complétement aux sentiments exprimés dans la première adresse. 149 signatures nouvelles vinrent ainsi s'ajouter aux 336 premières, et porter à 485 le nombre effectif des élèves peintres, sculpteurs ou architectes qui s'adressaient à la bienveillance de l'Empereur, tandis que six seulement de leurs condisciples signaient la lettre de félicitations insérée au *Moniteur*, et suivie de 109 signatures diverses. C'était donc la présque unanimité des élèves de l'École, qui, sans recourir à des adhésions qu'ils eussent pu trouver nombreuses et illustres, réclamait contre l'exécution absolue du décret, tant par la supplique que l'on vient de lire que par la lettre suivante :

SIRE,

Le 20 novembre dernier, Votre Majesté a daigné recevoir une adresse d'un grand nombre d'élèves de l'École des Beaux-Arts, relativement au décret du 13 novembre sur la réorganisation de cette École. Tous n'ont pas pu être prévenus à temps pour venir signer cette supplique, qu'il était urgent d'adresser sans retard à Votre Majesté; et ceux dont la signature manque le regrettent d'autant plus, qu'ils craindraient qu'on ne pût imputer à une abstention, bien éloignée de leurs désirs, l'absence de noms encore nombreux, après ceux de trois cents cinquante de leurs camarades.

Ils viennent donc, Sire, supplier Votre Majesté de les considérer à leur tour comme signataires de la première adresse, et lui déclarer qu'ils adhèrent complétement à l'acte de leurs camarades; tous se regardent comme solidaires d'intérêts et de sentiments: tous ont les mêmes inquiétudes et la même confiance en Votre Majesté; tous placent en Vous leur unique espoir de salut, au moment où ils se trouvent frappés dans leur avenir et dans leur vœu le plus cher.

Sire, nous espérons que Votre Majesté voudra bien nous pardonner cette insistance dans une question qui touche si profondément aux intérêts de toute notre École. Le plus puissant argument est dans le nombre même des adhésions à une démarche collective, et aujourd'hui, inquiets, menacés d'un danger imminent, sans aucun sursis, confidents des angoisses prévoyantes dont nous font part nos parents de tous les points de la France, nous pensons que notre devoir à tous est de présenter à Votre Majesté, avec la manifestation de nos craintes, l'expression de notre confiance dans cette suprême et bienveillante action.

Nous sommes, etc.

(Suivent 149 signatures.)

D'un autre côté, les mandataires des élèves de l'École des Beaux-Arts, qui n'avaient pu parvenir jusqu'à Sa Majesté l'Empereur, voulant essayer de l'éclairer verbalement sur le tort grave fait aux études d'art, lui adressèrent la demande d'audience dont voici la transcription :

SIRE,

Élèves de l'École des Beaux-Arts, et délégués par nos condisciples, nous supplions Votre Majesté de nous excuser si nous venons solliciter la faveur de faire valoir auprès d'Elle les réclamations que nous croyons être en droit de présenter sur la manière dont l'administration interprète le décret du 13 novembre.

Cinq cents élèves de cette École ont fait parvenir à Votre Majesté, à deux reprises différentes, des adresses, où ils exposaient respectueusement que la précipitation avec laquelle on veut effacer toute trace du passé brise leur avenir, ferme pour eux l'entrée de la carrière, viole le principe de non-rétroactivité, dont ils demandent à n'être pas exclus.

Sire, ce tort grave, cette exclusion imméritée, l'administration ne la nie pas; elle nous oppose des précédents de vingt ans, elle allègue la volonté de Votre Majesté; et pourtant elle n'ignore pas que la volonté de Votre Majesté est que les arts prospèrent, que leur étude soit accessible à tout le monde, et que notre seul désir, à nous, est d'étudier : elle se couvre de Votre auguste autorité pour nous mettre littéralement hors la loi, sans avoir aucun grief, aucun reproche à alléguer contre nous, sans tenir compte de longues années déjà passées dans un travail incessant, dans d'âpres études, sans tenir compte de nos sacrifices, du dévouement de toutes nos familles, qui, de toute la France, nous ont soutenus dans ce seul espoir, dont plusieurs se sont réduites pour ce but à la gêne absolue !

Sire, nos devanciers ont pu suivre la carrière ouverte devant eux ; ceux qui viendront après nous auront une voie nouvelle que leur ouvre le décret : nous seuls, nous serions frappés d'une espèce de mort civile comme artistes ; et pourtant Votre Majesté ne peut pas vouloir que toute la génération d'artistes qui se sera formée au commencement de son règne soit condamnée à une infériorité inévitable. Si Votre Majesté pense que ces questions soient assez graves pour mériter quelques instants d'attention de sa part, nous la supplions respectueusement de vouloir bien nous accorder une audience ; de nous permettre, au besoin, de nous adresser à la plus belle prérogative de Votre Majesté, et, au moment où nous sommes frappés d'une condamnation inattendue, et certainement imméritée, de demander, si c'est là notre seule et dernière ressource, un suprême recours en grâce.

Sire, sans appuis, sans protections, nous avons la hardiesse de nous adresser directement à Votre Majesté, comme au protecteur naturel de tous vos sujets, en la suppliant d'excuser une franchise nécessaire surtout à ceux que tout vient frapper dans leurs intérêts les plus chers et les plus légitimes.

Nous sommes avec le plus profond respect,

Sire,

de Votre Majesté,

Les très-humbles, très-obéissants serviteurs et fidèles sujets.

(Suivent les signatures.)

Cette lettre, portée encore à Compiègne, resta sans réponse. Quelque temps après, un nouveau décret venait sauvegarder les intérêts que le premier décret lésait le plus immédiatement, ceux des élèves qui, après cinq ou dix ans d'étude, se trouvaient subitement éliminés. Mais de graves questions restaient encore pendantes. L'École ne se rouvrait toujours pas, et, entre autres démarches, les élèves de la section d'architecture, en particulier, crurent devoir adresser au Conseil supérieur institué près l'École des Beaux-Arts une pétition indiquant leurs vœux. Cette lettre, déposée à l'École des Beaux-Arts, au nombre de six exemplaires, le matin d'un jour où le conseil tenait séance, n'arriva pas à sa destination ; et, bien qu'elle fût aussi respectueuse dans la forme que dans le fond, il n'en fut pas donné connaissance aux membres du Conseil supérieur à qui elle était adressée. Les élèves de la section d'architecture se virent donc obligés d'en envoyer de nouveau, à domicile, un exemplaire à chacun des membres du Conseil supérieur, avec une note explicative de cet envoi.

Voici le texte de cette lettre :

MESSIEURS,

Les élèves de l'École des Beaux-Arts, et les élèves aspirant à cette École, ont adressé à Sa Majesté l'Empereur, et à Son Excellence le ministre des Beaux-Arts, à la suite du décret du 13 novembre dernier, une pétition exprimant leurs craintes et leurs espérances communes. Un nouveau décret de l'Empereur, sur la proposition de Monsieur le ministre, a donné satisfaction aux intérêts les plus immédiats. Il reste maintenant pour les élèves l'attente d'une réorganisation règlementaire, qui détermine l'avenir même de leurs études, et sur laquelle l'avis du Conseil supérieur d'enseignement institué auprès de l'École aura une grande influence.

Aussi, Messieurs, certains que leur demande ne peut être taxée de témérité, puisqu'elle porte sur des intérêts aussi graves, et convaincus que la plus grande franchise sera la meilleure explication de leur hardiesse, les élèves prennent la liberté de vous soumettre l'expression de leurs vœux sincères et convaincus.

Les élèves de la section d'architecture ont été frappés tout d'abord d'un fait qu'ils regardent comme préjudiciable au sens des réformes qu'on a voulu introduire. Les modifications générales contenues dans le décret du 13 novembre paraissent avoir été élaborées et résolues, surtout au point de vue des études de peinture et de sculpture, soit que ces sections demandent plus de réformes, ou bien qu'elles soient plus en évidence, par la forme plus agréable de leurs travaux, et l'austérité moindre de leurs études. Quoi qu'il en soit, ils croient pouvoir dire qu'il y a eu à plusieurs égards assimilation entre eux et les élèves des autres sections, et ils sont convaincus que la nature toute particulière de leurs études exige des conditions spéciales et une organisation particulière.

Lorsqu'un jeune homme se destine à étudier l'architecture, son premier soin est nécessairement de choisir un maître, choix délicat s'il en fut, car, dans l'enseignement des arts, la confiance est le lien indispensable entre le maître et l'élève.

L'artiste de génie même enseigne mal au disciple dont la nature ne sympathise pas avec son talent. Le nombre de trois ateliers ne saurait donc garantir à tous les tempéraments artistiques cette conformité qui crée la confiance; d'autant plus que l'atelier, pour les architectes, n'est pas seulement le lieu de réunion où l'on apprend le dessin et la forme, c'est l'école constamment ouverte de composition, d'étude, de style.

Les élèves de la section d'architecture demandent donc qu'il y ait liberté complète de choisir son maître, principe qui leur semble d'accord avec les intentions libérales du décret. Ils pensent même que la création d'ateliers officiels dans l'École, généreuse dans l'intention qui l'a dictée, deviendrait funeste avec le temps à cette liberté nécessaire à l'enseignement, puisque, de fait, l'administration semblerait recommander à la confiance publique trois maîtres entre tous, et qu'en France le prestige d'un patronage officiel finit toujours par tuer tous les efforts parallèles. Ils voudraient donc qu'il leur fût permis d'exprimer le vœu, bien sincère dans leur conscience, que tous les artistes fussent conviés à ouvrir des ateliers, et qu'aucun ne reçût de protection impliquant un privilége. Ils verraient avec reconnaissance des encouragements à tous les ateliers; ils craindraient l'effet prochain d'encouragements limités, qui finiraient par mettre l'enseignement aux mains de trois architectes seulement pour toute la France; tout au moins peuvent-ils demander si le maintien des ateliers officiels paraît nécessaire, que, non-seulement pour ceux qui ont commencé leurs études avec des maîtres qu'ils se font honneur d'aimer, mais pour tous, l'égalité la plus absolue de droits règne dans tous les exercices, concours et récompenses de l'École.

Les élèves architectes sont unanimes pour désirer que les plus grands stimulants soient créés à leur émulation, et ils ne croient aucun moyen préférable au système des concours sans cesse renouvelés. Les cours leur enseignent les éléments de leur art, les sciences qui servent de point de départ à l'architecture; mais nul exercice ne saurait être plus profitable à l'émulation, ou plus propre à les initier à la composition et à l'étude, que d'avoir constamment à composer, à étudier, à produire simultanément avec leurs condisciples sur un même programme, enfin à voir l'exposition comparée de ces œuvres.

Le système des récompenses graduées, en organisant leur émulation, leur paraît aussi une chose précieuse à conserver, de même que la division en deux classes, autre stimulant nécessaire avec les différences naturelles de talent entre un commençant et un élève déjà avancé.

Beaucoup d'entre eux, on peut dire hardiment les trois quarts, sont obligés de travailler pour vivre et ne peuvent consacrer que leurs soirées à l'étude : beaucoup n'ont pas d'autres ressources, et ils peuvent le dire avec quelque fierté, c'est parmi ceux-là que se trouvent les meilleurs élèves, ceux auxquels doit surtout penser un régime libéral. Ce travail obligatoire est encore pour eux une excellente école d'application, et le meilleur moyen de pratiquer la construction, pour laquelle la théorie est fort insuffisante. Il résulte de ces faits qu'en rendant les cours obligatoires, on forcerait bien des élèves, et des plus intéressants, à choisir entre leurs études et les besoins de la vie, ou plutôt à renoncer à l'étude et au droit de devenir artistes.

Les élèves architectes se préparent en général à l'étude de leur art par de complètes études humanitaires (ils croient que l'administration ne peut que les encourager dans cette voie). Beaucoup d'entre eux appartiennent aux départements et ne viennent à Paris que tard, soit qu'ils attendent d'avoir satisfait à la conscription, soit qu'ils obtiennent le séjour de Paris comme une récompense de leurs travaux dans les écoles de la province. Quand ils ont passé par ces difficultés préliminaires, il leur faut encore, pour devenir des artistes sérieux, des années d'étude, qui les fassent profiter de tendances acquises et de personnalités faites. Ils croient donc que l'ancienne limite d'âge de trente ans devrait être maintenue pour tous les concours et les exercices de la section d'architecture : c'est ainsi du moins qu'ils aiment à comprendre le sens d'une affiche apposée officiellement dans les cadres du vestibule de l'École.

A plus forte raison, ils désireraient que cette limite continuât à être fixée pour leurs concours de grands prix. Il ne serait pas possible, en effet, qu'on pût être plus tôt formé pour cette épreuve supérieure que pour les travaux plus élémentaires de l'École, qu'il y eût peut-être cinquante élèves plus forts que celui qui partirait pour Rome et auxquels le droit de concourir serait enlevé. C'est dans ce concours surtout que s'appliquent avec toute leur rigueur les considérations exposées plus haut, à l'égard de ceux qui travaillent pour vivre et de ceux qui forcément commencent tard leurs études.

D'ailleurs, si utiles que soient les concours de grands prix pour ceux qu'ils envoient à Rome, ils le sont plus encore à la généralité des études architecturales, par les efforts excessifs qu'ils démandent, même pour un insuccès. Tout ce qui tend à leur ôter de leur force et de leur éclat, notamment la suppression du second grand prix, portera un coup funeste aux études d'architecture et abaissera leur niveau. Les élèves de la section d'architecture, tout en saluant avec reconnaissance le sentiment de justice qui a dicté la dernière décision de Sa Majesté l'Empereur à cet égard, désireraient vivement que l'ancienne limite de trente ans fût rétablie pour les concours des grands prix dans leur section. On éviterait ainsi aux plus jeunes élèves de l'École actuelle la perspective de se trouver, dans trois ans, dans le cas où se trouvaient leurs aînés avant la promulgation du décret du 26 décembre.

Quant à l'organisation de ces concours, les élèves de la section d'architecture ont toujours regardé comme précieuse pour eux la grande importance des études qu'ils exigent; c'est pour les concurrents l'occasion d'aborder les plus grandes compositions, et pour tous un temps d'études fécondes. La plus récente organisation de ces concours, c'est-à-dire l'étude à l'atelier d'après l'esquisse faite à l'École, et la mise au net en loges, avait été accueillie avec joie par les élèves. De cette manière, en effet, les plus jeunes pouvaient assister à l'étude de ces grands travaux, et en tirer un profit immense et un exemple fructueux. Les concours importants sont en outre ceux où les forces se constatent le mieux. Aussi, tant au point de vue de la sincérité des concours, que sous le rapport de l'émulation, les élèves seraient heureux que les concours du grand prix fussent maintenus avec toute leur importance, et qu'on laissât aux plus jeunes la possibilité d'en suivre l'étude dans les ateliers; en un mot que l'organisation de ces concours fût celle qu'on avait inaugurée en 1863.

Les élèves croient devoir témoigner leur reconnaissance pour le nombre de dix loges mises à leur disposition, qui permettra à un plus grand nombre d'entre eux de participer à ces études.

Telle est, Messieurs, l'expression sincère des vœux des élèves de la section d'architecture; ils ont cru devoir les soumettre à l'impartialité de votre appréciation, puisqu'ils peuvent se résumer en quelques lignes qui seraient le programme de tous les

artistes : Désir d'étudier à fond, émulation, liberté d'enseignement.

Nous sommes, etc.

————————

En même temps un grand nombre d'élèves de la section
de sculpture adressaient au Conseil supérieur cette pétition :

MESSIEURS,

Les élèves de l'École des Beaux-Arts ont adressé à Sa Majesté
une lettre signée de leurs camarades appartenant aux trois sections. Dans cette lettre ils exposaient que par le décret du 13 novembre se trouvaient lésés des intérêts graves; que beaucoup
d'entre eux, après avoir lutté lorsqu'ils avaient vingt ans avec des
rivaux de vingt-huit à trente ans, se trouvaient tout à coup privés
de concourir. Puis, entrant dans des considérations plus générales, ils exprimaient, avec une respectueuse inquiétude, leurs
craintes sur l'avenir de l'enseignement des arts, voyaient une atteinte portée au libre choix que faisait tout élève de son chef d'é-
cole ; exprimaient des regrets de voir restreindre, par la limite de
vingt-cinq ans, le champ de leurs études, qu'ils n'aspiraient qu'à
faire aussi complètes que possible; enfin, ils souhaitaient de voir
rétablir des concours suivis de récompenses qui excitaient chez
eux une émulation nécessaire aux études d'art.

Le décret du 7 décembre est venu faire droit transitoirement
aux réclamations en ce qui concerne la question d'âge pour les
concurrents aux prix de Rome.

Il enlève à la nouvelle mesure tout caractère de rétroactivité.

Permettez-nous, maintenant, Messieurs, de venir humblement
vous soumettre, pour la section de sculpture, quelques-uns de
nos vœux au sujet du nouveau mode d'enseignement.

Quelque hardie que soit notre démarche, nous espérons qu'elle
trouvera grâce devant un conseil dont la sollicitude et la bien-

veillance ne sauraient nous manquer dans une occasion aussi grave.

Jusqu'à ce jour, l'élève se destinant à la carrière des beaux-arts choisissait, d'après ses aptitudes, un chef d'école en qui il avait confiance, suivait ses leçons et ne venait demander à l'École qu'un jugement, blâme ou récompense, suivant l'œuvre exposée.

Cette liberté dans le choix du professeur n'est-elle pas essentielle dans nos études, où la foi dans son maître est la base de tout enseignement?

La nouvelle organisation, au nom des principes libéraux, vient placer certains jeunes gens dans la singulière alternative, ou de consentir à l'enseignement de tel ou tel professeur qui leur sera imposé à l'École, et en qui ils auront peu ou point de confiance, afin d'avoir le droit de suivre tous les cours, ou de renoncer complétement à ces cours pour suivre l'enseignement moins complet d'un professeur de leur choix en qui ils auraient pleinement confiance.

Pourquoi tout élève convaincu et désireux de s'instruire n'aurait-il pas en même temps la faculté de choisir son maître et de suivre les cours indiqués sur le nouveau programme?

Les étrangers étaient reçus comme les nationaux et jouissaient des mêmes droits lorsqu'ils avaient satisfait aux épreuves de réception. Maintenant ils ne sont plus admis qu'exceptionnellement, et avec une permission du ministre. Il est à supposer que cette permission sera facilement accordée par M. le Ministre, mais nous avons lieu d'être étonnés de cette formalité dans notre pays, qui a toujours donné si largement l'hospitalité aux artistes étrangers qui nous arrivent en très-grand nombre, car souvent même le grand prix des écoles étrangères consiste en une pension accordée pendant quelques années pour venir étudier dans les écoles de Paris.

La nouvelle organisation supprime les concours, par conséquent toute émulation. Les élèves sculpteurs, qui savent par expérience quel prix on attachait aux anciennes médailles, seraient fort heureux de voir au contraire, tout en conservant les ateliers créés par le nouveau décret, rétablir des concours récompensés par des médailles et auxquels pourrait prendre part tout élève soit de l'École soit du dehors. Cette rivalité ne serait-elle pas profitable au développement du progrès dans l'enseignement? Nous craignons que les bonnes notes données pour les travaux dans l'École, malgré leur prestige, ne remplacent qu'imparfaitement les médailles. L'admission des étrangers à ces concours ne viendrait-elle pas encore y ajouter un nouvel éclat?

Le nouveau décret assigne comme limite d'âge pour les nouveaux élèves vingt-cinq au lieu de trente ans. Peut-être cette mesure atteint-elle d'une manière trop rigoureuse la majorité des élèves, surtout ceux qui arrivent de la province; ces jeunes gens, qui souvent ne viennent à Paris qu'avec une pension de leur département, donnée en récompense pour les succès obtenus dans leurs académies, ont déjà passé l'âge de la conscription et verront alors leurs études réduites à deux ou trois ans.

Il est également une question très-grave pour la plupart d'entre nous. Nos ressources pécuniaires sont parfois très-restreintes, souvent nulles, et ce n'est que par notre travail que nous arrivons à subvenir à nos besoins. Comment y arriverons-nous, si nous sommes obligés de passer tout notre temps à l'École, sous peine, Messieurs, d'être mal notés dans vos rapports, chose préjudiciable à tous égards et qui supprimerait inévitablement les pensions des départements, alors qu'une médaille ne vient plus témoigner de notre assiduité et de nos progrès?

Enfin, dernièrement, une nouvelle démarche vient d'être tentée par les mandataires des élèves, toujours persuadés que leur intérêt serait avant tout de s'adresser directement à l'Empereur. Ils ont fait parvenir à Son Excellence le Grand Chambellan la lettre suivante :

MONSIEUR LE DUC,

Les élèves de l'École des Beaux-Arts ont, à deux reprises différentes, tenté d'arriver auprès de Sa Majesté l'Empereur, pour lui
exprimer leurs craintes relativement à l'exécution absolue du décret du 13 décembre 1863, sur la réorganisation de leur École.

La bienveillante sollicitude de l'Empereur a fait droit à la réclamation la plus urgente, qu'une adresse avait pu présenter à Sa
Majesté; mais les autres considérations soumises avec franchise à
l'approbation de l'Empereur par les élèves dans ce même document n'ont pas pu trouver accès auprès de Sa Majesté, puisqu'une seconde demande d'audience est restée sans réponse.

Depuis deux mois, les cours, les exercices, les concours, sont
interrompus à l'École, et rien ne fait espérer une prompte solution
à une situation si regrettable, puisque les démissions se succè-
dent, et dans le conseil chargé de la réorganisation de l'École, et
dans le corps des professeurs nommés dans la nouvelle organisation.

Sous le coup de cette suspension complète des études d'art,
plus inquiets que jamais, découragés par l'indécision où ils sont
laissés, les élèves perdent de jour en jour la confiance nécessaire
aux études. Plus convaincus de l'urgence de leurs observations
respectueuses par une note insérée au *Moniteur*, dans laquelle
l'administration avertit qu'il ne sera rien changé à la forme ni à
l'esprit du décret, les élèves viennent encore une fois solliciter
de la haute bienveillance de Sa Majesté la faveur d'être entendus.

Les soussignés peuvent dire hardiment qu'ils représentent la
presque unanimité de leurs condisciples, puisque l'adresse qu'ils
avaient portée eux-mêmes à Compiègne était signée de 485 noms
recueillis à la hâte, et que l'unique adresse de remerciements
adressée à Sa Majesté, et portant 109 signatures, ne comptait que
6 élèves de l'École, peintres, sculpteurs et architectes.

Ils désirent aussi faire savoir à Sa Majesté, qu'ils ne sont pas
les échos des réclamations intéressées de corps lésés dans leurs
intérêts moraux ou matériels; que leurs démarches, toutes spon-

tanées, n'ont point été dirigées par les professeurs congédiés ou par l'Institut qui réclame au nom de ses droits. Ils sont venus, sans trop mesurer peut-être la portée de leurs démarches, présenter à Sa Majesté des observations qu'ils croient de leur devoir de renouveler, pour ne pas rester sous le coup d'imputations malveillantes, dans l'intérêt pur et élevé des études artistiques et du maintien de cette supériorité nationale, celle que peut-être on nous dispute le moins. Ils voudraient parler à l'Empereur, au nom même de ce libéralisme que les termes du décret appellent et que l'application leur semble éloigner.

Ils veulent essayer respectueusement de lui montrer que la liberté d'enseignement est fortement compromise par les mesures qui mettent entre les mains de trois hommes seulement, choisis par l'administration pour chaque section, l'enseignement artistique de la France, tandis que l'architecture n'appelait en aucune façon ces mesures, et que la section de peinture demandait seulement la création d'une école de peinture, comme on avait déjà les écoles de dessin et de modelé.

Ils veulent essayer de convaincre Sa Majesté, que l'organisation antérieure était bien plus grande et plus large, qui admettait sans exclusion aucune (nous insistons sur ce point) tous les enseignements, de quelque part qu'ils vinssent, et qui laissait seulement à l'École le soin d'indiquer par son jury la direction qu'elle approuvait plus particulièrement.

Ils voudraient exprimer à Sa Majesté le regret qu'ils éprouvent à voir supprimer les récompenses qui sanctionnaient les décisions de ce jury, puisqu'elles sont le moyen le plus noble d'exciter l'émulation, et qu'on voit tous les artistes briguer jusqu'à leur dernière heure les suffrages du public.

Mais ce qu'ils regrettent bien plus encore, c'est la suppression de ces concours réguliers, qui sont plutôt une occasion de production et d'étude qu'un moyen de constater les forces, bien que, par une erreur fâcheuse, le rapport de M. le Surintendant des Beaux-Arts les proscrive comme des épreuves préparatoires aux concours des grands prix.

Les Élèves vous prient de remarquer, monsieur le Duc, qu'ils s'efforcent de ne point entrer dans l'examen de certaines parties de l'organisation qu'il ne leur appartient pas d'apprécier, par exemple de la nomination du jury chargé de juger leurs efforts, bien que le tirage au sort n'offre assurément aucune garantie d'une doctrine suivie, affirmée par les jugements. Ils n'élèvent point la voix pour des réclamations particulières et des tendances spéciales; ils parlent au nom de l'École française.

Le décret abaisse à vingt-cinq ans la limite d'âge pour les études à l'École et les concours des grands prix. Les élèves ont déjà fait valoir auprès de Sa Majesté, dans leur adresse, quelques raisons qui militent en faveur de l'ancienne limite d'âge. Ils voudraient indiquer à l'Empereur, que, bien que Sa Majesté ait par un récent décret mis à l'abri d'une élimination fatale ceux que cette mesure atteignait immédiatement, cet abaissement reste une menace prochaine pour les élèves plus jeunes; ils voudraient lui montrer combien les élèves fournis par les provinces auraient à souffrir de l'exécution sans retour de cette grave mesure, puisque beaucoup d'entre eux n'obtiennent le séjour à Paris qu'à titre de récompense de travaux déjà longs dans leurs départements; combien elle rendrait impossible le complément des études littéraires, si utiles pour mettre l'artiste au niveau de la société qui l'entoure.

Ils voudraient pouvoir développer auprès de Sa Majesté les réclamations de la pauvreté ambitieuse, qui n'arrive souvent que tard, parce que son temps se passe dans des travaux lucratifs, inutiles ou même nuisibles à ses progrès artistiques.

Ils voudraient lui montrer à combien d'honorables individualités on fermerait la voie, parmi ceux à qui la lenteur du travail ne permet de se produire que plus tard, et qui portent souvent dans l'avenir les fruits les plus mûrs.

Plus encore, ils voudraient dire à l'Empereur que, s'il y a folie pour eux à se dévouer sans but, à poursuivre, au moyen des sacrifices les plus grands, ce haut idéal que si peu d'entre eux peuvent atteindre, ce n'est pas l'État qui doit les arrêter dans cette voie, restreindre leur élan, arrêter leur persévérance !

Tels sont les points principaux sur lesquels les élèves voudraient appeler l'attention de Sa Majesté, et qu'ils voudraient pouvoir développer devant Elle avec la conviction de la sincérité, à défaut de l'éloquence qui persuade.

Ils seraient forcés d'entrer dans des détails trop techniques, pour montrer encore des imperfections au milieu des modifications libérales que les élèves ont accueillies avec satisfaction, telles que l'ouverture des musées de l'École et de la Bibliothèque.

Enfin, monsieur le Duc, les élèves se borneraient à traiter les questions indiquées plus haut, qu'ils considèrent comme touchant aux bases mêmes de l'enseignement, c'est-à-dire à l'avenir de leurs études.

Leur but est de réclamer, non pas pour ces hommes de génie qui se forment et s'affirment en dépit des entraves, mais pour les hommes de talent qui réclament le droit de vivre et de se former, à côté et au-dessous des individualités fortes qu'aucune mesure ne peut atteindre.

Les soussignés, s'autorisant de la bienveillance que Votre Excellence a bien voulu montrer à deux d'entre eux, prient Votre Excellence de vouloir bien être leur interprète auprès de Sa Majesté et de leur faciliter l'accès auprès d'Elle.

Nous sommes, etc.

Les auteurs de cette demande ne purent être reçus par l'Empereur; mais M. le duc de Bassano, avec une bienveillance parfaite, voulut bien être leur intermédiaire auprès de Sa Majesté.

Telles sont, jusqu'à présent, les démarches que les élèves de l'École des Beaux-Arts ont cru devoir faire; ils ont pensé qu'il n'était pas sans intérêt pour eux de les mettre au jour; telles qu'elles sont, si elles ne réussissent pas à faire entrer la question qui les occupe dans la voie qu'ils voudraient lui voir suivre, leur exposé montrera du moins que les élèves ne se sont pas laissé conduire par des motifs d'intérêts exclusifs, et que, s'ils se sont permis de réclamer, c'est toujours au nom de l'art, des études, et, quand il le fallait, de la justice.

Et maintenant, qu'il soit permis à ceux qui, jusqu'ici, ont eu l'honneur et la mission délicate de parler au nom de leurs camarades, d'ajouter un mot sur les efforts qu'ils ont faits pour remplir leur mandat. Les pièces qu'on vient de lire ont un caractère sinon officiel, du moins collectif ; il va sans dire qu'elles devaient se maintenir dans la plus stricte convenance de formes, et que toute discussion y eût été intempestive ; ceux qui ont rédigé ces documents ne pouvaient y traduire l'impression générale de découragement causée par le décret du 13 novembre parmi leurs condisciples ; ils ne pouvaient qu'essayer de l'indiquer ; ils ne pouvaient discuter les conclusions ni du rapport de M. le Surintendant ni du décret ; ils ne pouvaient proposer de solutions, ni insister sur certaines questions, que pourtant ils eussent ardemment voulu traiter. Et encore pourquoi auraient-ils insisté sur des conclusions qui ressortaient nécessairement de leur exposé ? Ils savaient bien que l'attitude de tous les élèves de leur École parlait plus haut que tout ce qu'ils auraient pu dire à ce sujet ; ils savaient bien que 500 de leurs camarades ne pouvaient cacher à tous ceux qui les voyaient l'impression douloureuse ressentie par eux; ils savaient que personne, au bout de quelques jours, ne pourrait plus ignorer l'opinion générale des artistes sur un sujet qui est la cause de l'art même; il leur importait seulement de montrer que, loin d'être un écho, leurs camarades avaient été les premiers à proclamer leurs doutes, avant qu'aucune autre action leur eût même fait entrevoir la possibilité d'être entendus.

D'ailleurs, ils n'osent se flatter d'avoir été des interprètes suffisants, lorsqu'ils devaient condenser en quelques lignes les impressions de tous; personne même, quand il s'agit d'art, ne pourrait rendre des idées qui s'affirment, se sentent, plus qu'elles ne s'expriment; chez les artistes, le sentiment parle mieux que la raison, l'instinct du cœur fait voir ce que l'intelligence même ne démontre pas: aussi croient-ils pouvoir dire avec assurance que, quand bien même les raisons qu'ils ont essayé de faire valoir auraient le bonheur de faire passer leurs convictions dans l'esprit de leurs lecteurs, ils ne sauraient mieux faire que d'insister sur un fait plus éloquent encore. La presque unanimité de leurs camarades, dispersés dans trente ateliers, se sont trouvés réunis en quelques jours, et, quels que fussent leurs écoles et leurs maîtres, ils se sont sentis frappés : les uns avaient seize ans, les autres touchaient au terme de leurs études; les uns pouvaient se bercer de toutes les espérances, les autres n'avaient que les ambitions les plus modestes, et chez tous un seul sentiment s'est manifesté dès le premier jour, et ce sentiment était profondément douloureux.

Avant de terminer, il leur reste encore un devoir à remplir; celui-là est facile. Depuis le jour où leur école a été frappée, ils ont pu voir avec bonheur des sympathies vives et efficaces pour la cause qu'ils défendent de toutes leurs forces; bien que la question qui les passionne leur fût spéciale, soit chez des artistes, soit dans la presse, ou chez des hommes éclairés qui aiment à mettre leurs lumières au service de causes intéressantes, ils ont trouvé des avis, des conseils précieux, et un concours bien fait pour les encourager; ils aiment donc à terminer leur travail en adressant, au nom de leurs condisciples, un remerciement sincère et mérité en échange de chaque témoignage de bienveillance qu'ils ont reçu; une expression de reconnaissance à tous les hommes qui leur ont montré que, dans des démarches souvent bien épineuses, ils n'ont jamais marché seuls, et que des vœux se formaient pour leur succès.

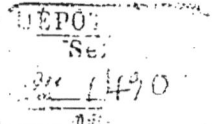

SUITE DES RÉCLAMATIONS
DES
ÉLÈVES DE L'ÉCOLE DES BEAUX-ARTS.

25 février 1864.

Le premier tirage des *Réclamations des élèves de l'École des Beaux-Arts au sujet de la réorganisation de leur École*, ayant été presque immédiatement épuisé, une nouvelle édition leur a paru nécessaire. Les pages que l'on vient de lire jusqu'ici sont celles qu'ils ont publiées dernièrement. Mais une nouvelle démarche, toujours dans le même but, s'est depuis ajoutée aux précédentes; ils ont donc un nouveau document à transcrire après ceux qu'ils ont déjà fait connaître au public.

———

Il n'est pas nécessaire de raconter les scènes animées auxquelles donna lieu l'ouverture du cours de M. Viollet Le Duc, ni les manifestations qui s'ensuivirent, ni le départ de la plus grande partie des élèves au milieu de la seconde séance. Mais, à la suite de ces séances, et s'autorisant de l'invitation qui était adressée aux élèves par M. le Surintendant des Beaux-Arts, les élèves de la section d'architecture adressèrent à M. le Ministre la pétition suivante :

MONSIEUR LE MINISTRE,

Les soussignés, élèves de la section d'architecture à l'École des Beaux-Arts, ou aspirant à cette École, ont l'honneur de faire part à Votre Excellence des considérations suivantes :
Le vendredi 29 janvier, M. le Surintendant des Beaux-Arts,

s'adressant, dans la cour du Louvre, à un grand nombre d'élèves de l'École, a répondu à leurs vives réclamations : que leur attachement à leurs anciens maîtres les honorait ; que, dans l'élaboration des nouvelles mesures, ses intentions avaient été bonnes, mais que, l'homme n'étant point infaillible, des erreurs avaient bien pu se commettre dans le règlement ; qu'il tenait à les réparer lui-même ; qu'il serait heureux de connaître les vœux des élèves, etc.

Le vendredi 5 février, au cours d'esthétique, M. de Nieuwerkerke a encore parlé aux élèves présents, et les a formellement invités à présenter une pétition où seraient exprimés les motifs de leurs inquiétudes.

Nous avons vu dans ces deux allocutions, Monsieur le Ministre, une invitation expresse à vous faire sincèrement l'exposé de sentiments qui sont aujourd'hui connus de tout le monde, et qu'il serait puéril de ne pas oser mettre sous les yeux de Votre Excellence avec une franchise rendue nécessaire par leur publicité.

L'École des Beaux-Arts traverse une crise douloureuse ; les élèves envisagent l'avenir avec une légitime inquiétude, et, depuis bientôt trois mois que dure ce malaise, rien ne s'est encore réorganisé ; trois mois au moins seront perdus pour nos études ; et pourtant, Monsieur le Ministre, nous osons l'affirmer, dans ces circonstances solennelles pour nous, ulcérés chaque jour par les calomnies provocantes de bien des publications diverses, nous croyons avoir gardé une dignité dont on trouverait peu d'exemples dans l'histoire des Écoles qui ont traversé des crises semblables. Nous n'avons pas hésité, dès le premier jour, à nous adresser à Votre Excellence, et, aujourd'hui encore, nous faisons appel à votre bienveillance pour vous soumettre quelques considérations qui intéressent plus spécialement notre section, soit pour ses intérêts plus vivement mis en jeu, soit pour des explications qu'il appartient surtout aux architectes de donner à Votre Excellence.

Nous devons faire remarquer aussi à Votre Excellence que la dispersion actuelle de l'École, l'absence de beaucoup d'élèves que le découragement éloigne, la suspension de tous les exercices qui formaient le lien entre nos camarades, rendent notre démarche très-difficile, et qu'il appartiendra à quelques-uns seulement d'exprimer les sentiments et les vœux de tous ; mais la vie commune de tant d'années, la sympathie éprouvée, l'unanimité de vues toujours constatée depuis le commencement de nos études, nous permettent d'affirmer à Votre Excellence, quel que soit notre nombre, que nous parlons au nom de bien des absents qui ne nous démentiront pas; nous en avons la certitude chaque jour renouvelée, et nous adjurons Votre Excellence de croire que c'est en toute loyauté que nous lui faisons cette déclaration.

Nous osons, Monsieur le Ministre, attribuer, dans une certaine mesure, à la franchise de nos réclamations, et à la promptitude spontanée des démarches que nous avons faites, il y a trois mois, auprès de Sa Majesté l'Empereur et auprès de Votre Excellence, la satisfaction que vous avez accordée à quelques-unes de nos demandes. La sympathie de tous ceux qui s'intéressent aux études d'architecture et l'appui de nos maîtres nous ont servi également, et déjà ont été adoucies bien des mesures qui avaient porté le trouble dans nos convictions. Le décret portait la suppression des concours d'émulation, que nous aimions à considérer surtout comme des exercices indispensables, comme l'étude même, le seul moyen praticable pour favoriser la recherche, l'originalité, l'émulation. Le nouveau règlement nous les a rendus en principe avec une grande libéralité.

Nous ne parlons pas de la restitution temporaire de cette li- mite d'âge, nécessaire surtout aux études d'architecture, pour le maintien absolu de laquelle nous avons lutté et nous luttons en- core dans la mesure de nos forces. La généreuse sollicitude de l'Empereur a ménagé une transition, et donne le droit à tous, comme elle impose le devoir à ceux qu'elle favorise, d'insister pour que, dans trois ans, les plus jeunes d'entre nous ne se trou- vent pas atteints par une mesure qui vient d'être épargnée à leurs aînés. D'autres modifications heureuses ont encore été reçues avec reconnaissance par les élèves; et si nous rapprochons de ces faits les paroles adressées par M. le Surintendant, qui niait toute prétention à l'infaillibilité, et manifestait seulement le désir sincère d'arriver au bien, nous en concluons qu'en déclarant per- fectible l'organisation nouvelle, l'administration ne craint pas de modifier ses appréciations premières, et ne refuserait pas les amé- liorations qui lui seraient signalées.

Mais nous avons hâte, Monsieur le Ministre, d'arriver au vif de

la question, et d'exprimer à Votre Excellence ce qui nous a en-
gagés encore une fois à lui faire parvenir cette note collective.

Depuis trois mois que les exercices, les cours, les concours
étaient suspendus, c'est seulement depuis quelques jours que
notre École a semblé reprendre une lueur d'existence, grâce surtout à la publicité des séances d'ouverture des leçons de quelques-uns des nouveaux professeurs, et de l'un des anciens qui a
conservé son enseignement.

Ces séances ont donné lieu à des démonstrations diverses que
nous avons à cœur d'expliquer à Votre Excellence, afin de leur
donner leur portée réelle, et de les dégager du sens fâcheux qui
s'applique nécessairement à des affirmations bruyantes, vives
comme les sentiments qui les ont fait naître.

Nous passons l'ouverture du cours de perspective. Des répu-
gnances particulières que nous n'avons pas à expliquer, et le regret que ce cours ne fût pas, comme autrefois, confié à un artiste,
ont pu être les causes de la défaveur avec laquelle des élèves l'ont
accueilli.

L'ouverture du cours d'histoire et d'archéologie a valu au professeur, à ses études consciencieuses et réfléchies, à la modestie
de son caractère, une ovation chaleureuse, à laquelle a assisté
M. le Surintendant, et à la forme de laquelle il n'aurait certes
rien eu à reprendre.

Toutes les expressions de la répulsion la plus vive se sont produites, au contraire, pendant la séance d'ouverture du cours d'esthétique, et Votre Excellence n'ignore pas quelles scènes ont
précédé, accompagné et suivi le cours, à l'issue duquel les expressions de défaveur ont atteint M. le Surintendant lui-même.
Que Votre Excellence nous permette de préciser ce qu'a été cette
manifestation toute spontanée, qui a eu cette qualité ou ce défaut
exagéré, la franchise qui n'exclut pas la violence.

M. le Surintendant lui-même a demandé aux élèves, à
deux reprises différentes, de formuler leurs griefs et de les faire
parvenir officiellement à Votre Excellence. Les élèves de la section d'architecture ont compris que c'étaient eux surtout qui
étaient mis en demeure de fournir ces explications.

Le règlement impose aux élèves des examens d'esthétique qui
suivront le cours professé à l'École. Nous croyons cette mesure

impossible à réaliser, ou tout au moins pouvons-nous dire qu'elle trouble tous nos instincts d'artistes.

Notre conscience répugnerait à abdiquer nos convictions intimes au jour de l'épreuve, pour répéter une sorte de catéchisme d'une religion officielle, puisque l'esthétique est la religion de l'artiste. — Comment pourrions-nous, au tableau, ou par écrit, trouver la forme qui exprimerait peut-être tout le contraire de nos convictions? Ou bien encore, si, fidèles à nos sentiments, nous combattons les théories du professeur, qui sera juge? qui fera justice? Et quelle scène étrange que cette lutte du professeur et de l'élève, dans laquelle rien ne prouve que le professeur aura le dessus, autrement que par une supériorité dans le maniement de la plume ou de la parole, ou par les succès dont il disposera !

Car les leçons de nos maîtres, et l'écho du mouvement intellectuel de l'époque tout entière, nous ont enseigné et nous enseigneront toujours des esthétiques différentes, jusqu'à ce que notre jugement se soit assez formé pour que nous y puissions trouver la base de nos doctrines ; et ce serait une abdication bien étrange, que le renoncement public aux convictions que nos études nous auraient fait acquérir.

Puisque la nouvelle organisation ouvre la voie à tout homme qui désire enseigner, sans doute ce professeur pouvait venir faire connaître son esthétique déjà si répandue par ses ouvrages, et les élèves n'auraient pas songé à protester ; leur absence ou leur assiduité auraient seules témoigné de leur confiance dans les théories énoncées.

Mais ce qu'ils ont voulu faire sentir, ce qu'aujourd'hui ils viennent dire à Votre Excellence avec le calme que leur cause exige, c'est qu'ils voient dans la création de ce cours unique la négation de toute liberté d'enseignement; l'imposition d'une doctrine forcément exclusive, puisqu'elle émane d'un seul homme; la substitution des appréciations personnelles à un ensemble de doctrines nées de l'assentiment d'un grand nombre d'artistes, reflet véritable de l'époque, exprimé seulement autrefois par les jugements des concours.

Et maintenant, puisque, pour répondre à l'invitation de M. le Surintendant, il faut mêler des personnalités irritantes à des discussions qui gagneraient en grandeur à ne porter que sur des principes, nous ne devons pas cacher à Votre Excellence que, pour le plus grand nombre des signataires, une grande partie de la répulsion marquée aux cours du 29 janvier et du 5 février s'adressait malheureusement au professeur même.

Ils ont vu avec regret qu'il avait fallu avoir recours, pour l'intronisation de cette doctrine nouvelle et officielle, précisément à l'homme qui, dans tout le cours de sa carrière, s'est constamment efforcé de jeter le mépris sur tout ce que nous respectons, de ternir nos gloires les plus pures, de rabaisser les plus belles époques de notre art; qui sans cesse a dénigré, au profit d'une conviction étroite et personnelle, les représentants de l'art moderne de la France, et dont l'esprit chagrin n'a pas plus respecté les maîtres que les élèves, a nié tous les efforts et tous les résultats, et a contribué, de tout le pouvoir dont il disposait, à abaisser aux yeux des nations étrangères une École qui heureusement était au-dessus de ses atteintes, dont les étrangers proclament la supériorité, et qu'il ne convenait peut-être pas à un Français de déclarer impuissante !

Telle est, Monsieur le Ministre, l'expression succincte des plaintes qui se sont manifestées, trop énergiquement peut-être, mais à coup sûr avec franchise et spontanéité; et nous sommes tous d'écoles trop différentes pour qu'un autre mobile pût nous diriger, que ce principe qui, seul, s'élève au-dessus des dissidences d'écoles, la liberté d'enseignement.

Et maintenant, Monsieur le Ministre, nous profitons avec bonheur de l'ouverture qui nous est faite, pour revenir sur quelques considérations qui touchent au plus haut degré l'intérêt de nos études.

Nous n'avons pas besoin de rappeler à Votre Excellence que c'est toujours au nom de la liberté de l'art que nous avons réclamé contre des mesures qui tendaient à concentrer entre les mains de quelques professeurs l'enseignement tout entier, tandis qu'auparavant nous pouvions choisir nos maîtres entre tous les artistes qui se vouaient au professorat. Nous ne pouvons que répéter, Monsieur le Ministre, que la protection officielle accordée à trois artistes dans chaque section tuera forcément en peu d'années tous les efforts rivaux, anéantira, par une marche fatale en France, toutes les initiatives privées, et réduira bientôt à trois le nombre des maîtres qui enseigneraient l'architecture à tous les artistes français. Et pourtant, nul ne peut affirmer, quelle que soit la dose de talent, ou même de génie, supposée à ces artistes, qu'ils représenteront complète-ment toutes les tendances diverses de l'École française, et que cette centralisation artistique satisfera toutes les divergences si fécondes en matière d'art.

De même, c'est toujours au nom de la distribution la plus li-bérale de l'enseignement, que nous avons réclamé contre des restrictions d'âge qui fermeraient les concours à ceux de nos camarades qui viennent tard de province, et à ceux qui sont pauvres, et qui doivent partager leur temps entre le travail qui leur assure un lendemain, et l'étude qui leur permet d'espérer un avenir. Mais nous comprenons, Monsieur le Ministre, que nous devons nous borner à des demandes compatibles avec la situation actuelle et le nouveau règlement; permettez-nous, Monsieur le Ministre, de les présenter à Votre Excellence aussi brièvement que possible.

— Le règlement rétablit les anciennes conditions d'admission.

— Il rétablit la division en première et seconde classe.

— Il rétablit les anciens concours d'émulation, suivis d'exposi-tions et de récompenses comme auparavant.

A tous ces égards, nous ne pouvons qu'exprimer notre re-connaissance à MM. les Membres du Conseil supérieur et à Votre Excellence.

— Le règlement ajoute seulement un examen d'esthétique; nous croyons cette institution préjudiciable à la liberté de l'art, et au développement de l'originalité personnelle, par les motifs exposés plus haut; nous serions donc heureux que cet examen fût aboli.

— Quant aux ateliers officiels d'architecture (pour lesquels, à l'inverse de la peinture et de la sculpture, le règlement ne pres-crit aucune disposition particulière), c'est pour cette section sur-tout que leur institution porte atteinte à la liberté d'enseigne-ment : en effet, l'atelier d'architecture n'est pas un local où l'on aille seulement mesurer, dessiner; d'après le nouveau règlement, comme d'après l'ancien, la principale occupation des architectes est d'étudier pendant deux mois sur un programme donné à l'École. Ces études, ainsi que la mise au net, se font à l'atelier avec les conseils du maître. Ici donc, si les ateliers officiels de-vaient simplement faire double emploi avec les ateliers libres, il serait difficile d'y voir autre chose qu'une concurrence par l'administration, et, avec tous les moyens d'encouragement dont elle dispose, aux efforts de l'enseignement libre. Dans ces conditions, ces ateliers ne peuvent *en rien* produire un meilleur résultat que les ateliers libres, et ils en peuvent produire un funeste en tuant l'enseignement libre.

Mais ne pourrait-on décider que ces ateliers seraient, dans l'application, des salles de travail où tous les élèves de la section, — qui tous profiteraient ainsi d'une libéralité nouvelle, — pourraient venir faire des études pour lesquelles le concours de l'École est nécessaire, c'est-à-dire dessiner et mesurer les fragments de toutes les époques qui forment le musée de l'École, dessiner même la figure, étudier ainsi la partie plastique de leur art, et élever leur goût en vivant, pour ainsi dire, dans l'intimité des chefs-d'œuvre de tous les temps? Cet exercice était certainement insuffisant dans l'ancienne École, il serait difficile à organiser partout ailleurs, et serait une innovation précieuse : une sorte de musée de choix, où l'élève, au lieu d'être laissé à ses tâtonnements et à son inexpérience, trouverait à la fois les plus beaux modèles et les conseils de maîtres éprouvés. Quant à ces professeurs eux-mêmes, la tâche qui leur serait réservée, différente de celle des maîtres d'ateliers libres, les mettrait à la tête d'une sorte d'École normale du goût et de la forme, école où non plus seulement une centaine d'élèves, mais tous ceux de la section, viendraient les prendre pour guides, en demandant aux chefs-d'œuvre de tous les temps le secret de leur beauté. D'ailleurs chaque élève aurait le maître de son choix pour étudier la composition, le caractère, le style. Aux ateliers officiels appartiendrait l'étude de l'art dans les œuvres qu'il a produites; aux ateliers libres, l'étude de l'art par les essais de production.

Quant aux jurys, les élèves croient que l'ancienne organisation, qui faisait juger leurs concours par vingt-quatre architectes, répondait bien aux besoins de ces jugements : leurs concours portant surtout sur la composition, ils craindraient de voir toute doctrine se perdre, par le trouble que causerait un élément aussi variable que celui de neuf juges seulement. Aussi pensent-ils que ce jury offrirait toutes les garanties possibles, s'il était composé des membres de la section d'architecture de l'Académie, complétés par le tirage au sort entre les architectes qui ont eu le grand prix, c'est-à-dire le gage le plus probable d'études sérieuses; et ceux qui ont été membres du conseil des bâtiments civils ou architectes du Gouvernement, c'est-à-dire ceux qui offrent le gage le plus probable d'expérience et de talent.

Une note affichée dans l'École fait savoir que l'ancienne limite d'âge est maintenue pour tous les travaux de l'École; les élèves en remercient l'administration; — et, quant aux changements qu'ils demandent, ils les croient parfaitement compatibles avec les termes du règlement.

2° CONCOURS DE GRANDS PRIX.

— Les élèves savent que le droit à la direction et au jugement des concours de grands prix est revendiqué par l'Académie des Beaux-Arts. Puisque le Conseil d'État est appelé à faire connaître sa décision sur cette grave question, nous pensons qu'il serait inopportun de faire en ce moment aucune réclamation à ce sujet, bien que l'époque des concours commence à s'approcher, et que cette incertitude soit fort pénible pour ceux dont ces concours sont le mobile principal.

Les élèves croient devoir insister encore sur la limite d'âge; ils ne sauraient trop redire que, la limite de vingt-cinq ans fût-elle bonne pour l'élève qui peut commencer de bonne heure, et à qui sa position permet de consacrer tout son temps à l'étude (ce qui du reste est peu admissible avec la longueur bien connue des études d'architecture); elle rendrait les concours presque inabordables : 1° aux jeunes gens qui viennent tard de province, souvent parce qu'ils doivent attendre que des études déjà longues les aient rendus dignes d'être envoyés à Paris par une ville ou un département; 2° aux élèves pauvres, pour qui l'année ne compte que quelques mois d'étude, le travail lucratif et nécessaire absorbant le reste de leur temps.

Ils seraient donc heureux qu'une note, s'appuyant sur le décret du 6 décembre, invitât tous les artistes, âgés de moins de trente ans, à se faire inscrire pour les concours, en contenant implicitement la promesse qu'il en serait de même à l'avenir.

En résumé, les élèves de la section, en réservant une des questions qui les touchent le plus, mais qu'ils croient inopportun d'aborder en ce moment, réclament, comme ils l'ont déjà fait, au nom de la liberté de l'enseignement; ils seraient heureux de voir décider les modifications suivantes :

— Suppression de l'examen obligatoire d'esthétique ;

— Interprétation des ateliers officiels comme écoles pratiques et supérieures des arts du dessin, du goût et de la forme, accessibles à tous les élèves de la section;

— Établissement du jury des concours d'émulation ;

— Interprétation quelconque, qui donnât à espérer que l'abaissement de la limite d'âge pour les concours de grands prix ne serait pas appliqué.

Tout cela, Monsieur le Ministre, paraît très-praticable aux élèves, et personne ne saurait dire que les termes du règlement ne fussent pas respectés. Et que Votre Excellence nous permette d'ajouter qu'ainsi, à bien des égards, un véritable progrès daterait, dans l'École, de la nouvelle organisation.

Quant à nous, Monsieur le Ministre, croyez bien que nous avons assez souffert depuis trois mois dans nos intérêts les plus chers, pour être préparés à sentir d'autant plus vivement le prix de ces améliorations, si Votre Excellence veut bien nous les accorder.

Nous sommes avec respect, etc.

Suivent les signatures de :

3 seconds grands prix, grandes médailles d'émulation,
3 seconds grands prix, médaillistes de première classe,
4 logistes, médaillistes de première classe,
20 médaillistes de première classe,
26 élèves de première classe,
28 médaillistes de seconde classe,
112 élèves de seconde classe,
65 aspirants.

En publiant ces diverses réclamations, les élèves de l'École des Beaux-Arts n'ignorent pas combien doit paraître fastidieuse la lecture de documents où les mêmes idées se répètent sous tant de formes; mais personne, assurément, ne peut en ressentir autant qu'eux-mêmes la triste monotonie, et, s'ils ont pu se résoudre à proclamer tant de fois les mêmes principes, à faire tant de fois appel aux mêmes sentiments, à pousser l'insistance jusqu'à l'importunité, c'est à l'inébranlable fermeté de leurs convictions qu'ils ont dû demander le courage de poursuivre leur tâche difficile jusqu'au bout.

Pour eux, leur art est tout; une transformation complète vient d'être décidée dans les études artistiques, et le hasard a fait qu'ils se trouvaient élèves à ce moment de rénovation, comme le hasard a permis à leurs aînés de commencer et de finir leurs études sous un même régime, sous l'empire des mêmes principes, comme, après eux, d'autres encore viendront, et recueilleront les fruits — quels qu'ils soient — du régime qui sera définitivement adopté à la suite des pénibles incertitudes de la transition actuelle. Mais, vis-à-vis de ceux-là même, un devoir était imposé aux élèves d'aujourd'hui : ils n'avaient pas le droit d'être indifférents, et leurs convictions leur traçaient avec certitude la seule voie où ce devoir pût les engager.

Certes ils ont foi dans l'avenir de l'art; mais enfin, s'il pouvait arriver que la liberté d'enseignement n'existât plus pour les artistes; que les études d'art dussent graviter dans la sphère de quelques individualités; que la fortune et la position déjà acquise devinssent une condition préalable pour être en droit de prétendre à l'objet des plus nobles ambitions : alors les élèves d'aujourd'hui pourraient se rappeler leur persévérance, leur dévouement peut-être, et affirmer qu'ils ont fait loyalement leur devoir dans la mesure de leurs forces; ils pourraient ressentir de la douleur et des regrets, mais ils seraient heureux de n'avoir aucun reproche à recevoir, et que leur conscience même leur fût témoin du devoir accompli.

Paris. — Typ. de Ad. Laîné et J. Havard, rue des Saints-Pères, 19.

Paris. — Imprimerie de Ad. Lainé et J. Havard, rue des Saints-Pères, 19.

www.ingramcontent.com/pod-product-compliance
Lightning Source LLC
Chambersburg PA
CBHW072257210626
46818CB00017B/1411